KB024600

최광집 시집

선정에 든 소나무

선정에 든 소나무
禪定

최광집 시집

한누리미디어

학창시절 대한불교 조계종 제4교구 말사 삼척 죽서루 옆 천년고찰 삼장사 학생회에 입회하여 활동하였고, 인하대학교 불교동아리 고문으로 활동하였다.

태백 함태탄광 입사 후 광산재해 예방을 위해 직장 불교동아리를 창립, 80여 명의 회원으로 일요법회 주관, 회원 상대로 포교 활동 1년 실행 후 부처님 오신 날 연등 행렬을 주도했다. 이후 직장내 재해도 점차 감소되었다.

정부의 석탄 합리화 사업이 진행될 때 삼척으로 낙향하여 꿈에 그리던 탄허스님을 만나 승가로 출가하려다 부모님께 발각, 꿈을 이루지 못했으나 스님의 말씀대로 재가불자로서 계율을 지키며 화두 무(無)자를 들고 공부하라는 지도를 받고 동해 삼화사 원명스님(현 서울 봉원사 주지)이 설립한 불교대학 2년 과정을 졸업한 후 대한불교 조계종 포교원 설립 포교사대학원 2년 과정의 사회복지학과를 졸업, 부처님 제자로 살아갈 원을 세우게 되었다.

봉사활동을 하기 위해 1급 요양사 자격증과 포교원에서 실시하는 제3회 호스피스 교육을 마치고 본격적인 활동을 하면서 큰 불사도 원만 성취 업장을, 소멸 보리의 첫걸음을 시작하며 살아간다.

10년 동안의 봉사는 독거노인 돌봄, 청소년 가장 돌봄, 삼척의료원에서 말기 암환자 캐어, 시민 대상으로 카운셀링을 통한 포교사업과 동해 해양경찰청 법사 생활과 제23사단 군법회 자원봉사로 포교활동 중 법문도 하면서 시와 동시로 문단에 등단, 특히 아동문학가로서 어린이들에게 꿈과 사랑을 키워주려고 한다.

이제 남은 생을 부처님의 제자로서, 당당하게 생을 마감할 때까지 문인으로서 중생의 삶에 디딤돌이 되고자 제2시집 《선정에 든 소나무》를 출간하면서 도움을 주신 삼척 천은사 주지 동은스님과 출판에 도움을 주신 한국불교문인협회 김재엽 회장님께 깊이 감사드리며, 독자들의 삶에 조금이라도 도움이 되어 바른 생활, 바른 행동, 바른 언행으로 지혜로운 삶을 살아가는 데 보탬이 되기를 기대해 본다.

법사, 시인 도안각 **최광집** 합장

차례

제1부

선정에 든 소나무

제2부

갓바위 법문

차례

제3부

시를 쓰는 바다

제4부 별들의 고향

차례

— 제 5 부 —

나릿골 풍경

제6부 풍경 치는 물고기

차례

— 제 7 부 —

우주는 생명의 씨앗

제 1 부

선정에 든 소나무

문(門)의 여정(旅程)

전생에 스친 인연
몸(身) 빌려 잉태된 태실문(太室門) 열고
살아온 수십 년

희로애락(喜怒哀樂) 주고받고 살아온 세상
크고 작은 문

결혼하려면
무한 사랑을 인정받은 후
신비한 애정의 관문에 누워
별빛 반짝이는 밤 지샐 수 있다

이 몸이 익어갈 때
나의 존재를 찾는 일
부모 생전에 어디서 생겨 어디로 가는지
어느 것 하나 문 아닌 것 없다

허상(虛想)의 육신을
지배하는 주인의 노예로 살다가
저 언덕 피안에 갈 때
기꺼이 내려놓고
홀연히 허공에 들 수 있다

노송(老松)

산자락
몸을 눕힌 노송
세월에 곰삭은 나이테
가늠할 수 없다

무언의 말
보고 듣고 느끼는 이여
생의 무상
허공의 뜬구름이요
한 줄기 바람 같다

허상(虛想)의 몸
지수화풍(地水火風)으로 돌아가는 인연(因緣)의 시간
노송은 이웃에 안식과 양식을 내어주고 있다

이 또한 고마운 보시행이요
한 세월 사는 동안
삶의 사초(史草)를 간직한 채
지상낙원 극락세계에 누워 영면(永眠)에 든 모습

깨달은 자 있으면
한 소식 일러 보소이다

학바위

두타산 학바위
신선이 놀다가 승천한 자리
안개 자욱하다

딱따구리
똑똑 똑 또 독 또 르르르
아침 예불시간에 맞추어
목탁을 치면

광명의 햇살
소나무 가지 사이로
곧게 내리며 던진 화두

뿌리 없는 나무
메아리 없는 골짜기
그림자 없는 사람 있으면
하늘 향해 일러 보라 한다

일여체현(一如體玄)

우주 삼라만상
한 치의 어긋됨 없이 돌아간다

일여(一如)는 한바탕이 현묘하니
만법(萬法)이 하나로 돌아간다

분별(分別)을 쉬면
만법은 자연(自然)이다
인간이 지고 다니는 똥자루
섞지 않기 위해
친환경적으로 아홉 구멍을 통해
무시(無時)로 폐기물을 처리하는 놈
그놈이
참 나이다

그놈이 일여하면
그놈의 등에 올라앉아
피리를 불 수 있다

이것이
신심명(信心銘) 7번 단락 게송이다

묵언(默言)의 자리

낙엽 구르는 밤
찻상 앞에 앉아

국화차(茶)
석간수로 끓여낸 노란 물빛

찻잔에
낙숫물 떨어지듯 붓고

이 소리
어디서 와 어디로 가는지
여실히 챙긴다

말과 글
끊어진 자리

여실히
일귀하처(一歸河處)로다

선정(禪定)에 든 소나무

두타산 하늘공원 위
천 길 벼랑 끝 바위틈
솔씨 하나
인연을 맺은 긴 세월

모진 비바람
눈보라 이겨낸 고뇌의 뿌리
백 년 세월 족한 듯

자연과 더불어 대화하는 선봉(禪鋒)*
하늘공원 분재라 불러본다

흙 한 줌 없는 넓은 바위 갈라진 곳
무심청정(無心淸淨) 구렁이 똬리 틀 듯
가부좌로 앉아
선정(禪定)에 든 탄허(呑虛)스님처럼
백척간두(百尺竿頭)에 시퍼렇게 깨어
산림 법문을 하는 것 같다

구름도 멈추어 듣고
솔개가 맴돌다 길을 잃었다

*선봉(禪鋒) : 최광집 법사의 법호

해를 잉태한 바다

수평선 바닷속
어둠 살라 먹고 솟은 햇덩이

날마다
푸른 물에 담금질
허공에 밀어 올려

지구의 중생
어둠의 업보 참회할 적

광명의 빛이여
여실 자비롭다

검푸른 파도
갓난아기 떨군 산모처럼
모래톱 속에 무심으로
산후조리한다

배롱나무 사랑

절 마당가에 배롱나무
150년 전 이웃집 솔씨 하나 날아와
가슴에 뿌리내린 지 50년

가슴이 터지고 해어져
거친 숨 몰아쉬어도
꽃등은 아름답다

부처님처럼 꼭 껴안고
같이 살아온 나무를 보니

입양* 후 착하고 바르게 살아온
내 친구를 본 듯

낳은 자식도 자식
기른 자식도 내 자식

몸으로 실천하는 배롱나무 사랑
눈물겹습니다

*입양 : 혈연관계가 없는 어린아이를 데려다 친자식처럼 키우는 것

끌고 다니는 삶

한 번도
만난 적도 본 적도 없는 자가
이 몸을
입속 혀같이
종처럼 부리며

구린내 나는 가죽 포대 속에서
있는 듯 없는 듯 이 몸을 지시하고 있다

그대의 형상이 자아(自我)인가?
냄새 맛 향기 모양도 없으니
어떻게 그대를 알리

이 몸이 있고
그대도 있는 것

그대가 나고
내가 그대 아닌가?

얄밉긴 하지만
인연 따라 동행하며

끌려 다니는 삶은 그만두고
참나를 보고
끌고 다니는 삶을 살아야 한다

전생에 지은 업보

화단을 옆에 두고
보도블록 틈
터 잡은 민들레

오가는 발길
서러운 눈총

간신히
녹색 주름치마 두르고
꽃대 위에 피운 민들레

발길에 채며
서러운 눈물 삼킨 삶
다음 생을 위해
꾸역꾸역 웃는다

미륵 삼불 천도재

봉황산 정수리
옅은 달 노을 숲 사이로
두둥실 오르는 칠월 보름달

조선시대 수군 죄수를 모아
삼척 포진 육향산 인근 대숲
형장으로 사라진 수병들

영혼을 달래는
미래세에 오실 미륵 부처님이

보름날마다
영산 코끼리 코에 앉아
영가의 왕생극락을 기원하는

천도재를 삼 미륵 부처님께서
북소리에 맞추어
요령을 흔들며
목탁 치는 소리 들린다

천은사*

고목이 울창한 숲
종각 범종소리
백두대간 두타산 자락에 메아리쳐
우주 만상의 법계에
부처님 진리의 광명을
나투신 천년고찰 천은사

수많은 고승
다녀간 절집

재가 불자 이승휴 거사
불가에 귀의 전법이 수성하여
제왕운기(帝王韻紀)와
내전록(內典錄)을 저술한
선종사찰로 여여(如如)히 성성하다

*천은사 : 삼척시 미로면에 있는 대한불교 조계종 제4교구 말사.

연등축제

부처님 오신 날
불자들이 이웃과
한국의 세계문화유산
연등축제 즐기고자

가족 이름표 달린 등불 들고
온 누리 밝히는
거리 연등 행진

밤하늘
자비 지혜 광명의 등불로

어둠을 밝히는 태양
풍요로운 달
반짝이는 별처럼
우주를 밝힌다

잃어버린 세월

울안 화단에 핀 청색 난(蘭) 향기
방안 가득 그윽한데
어이해 내 가슴 이리도 아린가

섬돌을 돌아 흐르는 물길
앞뜰 경포호수로 흘러
바다로 가건만
내 청춘은 가뭄으로 터진 논바닥

호수에 노니는 원앙이 부럽다
진작 알았다면
학춤이라도 배워둘걸

갈대는 모진 비바람 잘 견디건만
이 몸은 어이 할꼬

부귀영화 내려놓고
차라리 부처님 전에 귀의

생전의 본래 모습
찾을까 하노라

나이테는 CD

폭설로 허리가 부러진 소나무
해가 뜨도록
산비탈에 넘어져
아직 살날이 창창하다며 하소연한다

톱으로 잘라낸
세월의 나이는 70년을 넘는다

꽃들의 웃음
아름다운 산새들 노래
신록이 불타는 정열
낙엽 지는 소리

펑펑 날리는 숲속 고라니 울음
비바람 몰아치는 태풍
서릿발이 엄습하는
땅속 겨울잠 자는 동물들의 움직임

CD에 생생하게
사계가 녹음되어 있다

간월암(看月庵)

고려말 무학대사 수도 중
호수 같은 바다
달뜨는 모습에
도(道)를 깨쳤다는 간월암*

일제강점기 억불정책으로 폐사
1941년 만공스님이 중건
광복기원 천일기도 후
3일 만에 민족 숙원인 광복

혼란의 시기에도
하루 두 번 섬과 뭍
오고 간 형상은 불변

천수만 달뜨는 풍경
뉘라도 만사를 잊고
삼매에 들지 않을까?

*간월암 : 충남 서산시 부석면 간월도리에 있는 암자

풍경소리

걸림 없는 바람
처마 끝에 전생의 업보로 매달린
물고기가 풍경을 울린다

그 소리
어디서 와 어디로 가는지
살피라 한다

진리의 법문이 허공 중에 있으니
시주밥 축내지 말고
일심으로 정진수도
밥값하라 견책한다

중생들은 마냥
아름다운 천상의 소리로만 알았으니
승가가 이렇게 부끄러울 수 없다

노을빛 꽃

두타산 능선
구름바위에 서서
지장보살이

노을빛 꽃 한 송이 들고
묵언으로 법으로
선봉거사에게 전하니
묵언의 미소로 답한다

지옥 중생 남김없이 구제하여
극락세계 인도한 후
윤회길 벗어나라 하신다

죽비(竹篦)소리

구름은 산을 품고
계곡물은 청산을 휘돌아
강을 지나 바다로 흐르는데

산승은
백척간두(百尺竿頭)에 올라앉아
죽비로
허공(虛空)을 친다

이 소리 어디서 와
어디로 가는가?

듣는 이는 누구인고
주인공을 아는 자는
한 마디 일러 보거라

모정의 돌탑

험준한 대관령 굽이길
낭군 찾아온 고달픈 세월
사남매 중 아들 둘 잃고
지아비는 정신질환 장애인

힘든 세월 살아가는
어느 날
산신령 꿈에 선몽
삼천 개 돌탑을 쌓으면
우환 막아준단 말 믿고

율곡 선생 정기 서린
맑은 송천강 휘감는 골짜기에 움막 짓고
노추산 자락 계곡 따라
스물여섯 해 돌탑 쌓은 정성 오리길
업보를 씻고 참회

보살 공덕 쌓은 예순여덟 해 날
적멸에 들었다

제 2 부

갓바위 법문

돌탑을 쌓으며

똥자루 같은 번뇌장 열어놓고
켜켜이 쌓인 구린내

무심으로
돌 하나 쌓듯 내려놓는다

탐진치의 악업
미리 알았던들
이 고생은 없었을 것을

비우고 또 비운 두 해
이렇게 가벼운 걸

이제사 생각하니
안들 무엇하고
모른들 무엇하리

빈 걸망
있는 듯 없는 듯

채울 것도
비울 것도 없더라

상엿집

마을 산자락
외진 곳
북망산 가실 때 태워가는 상여(喪輿)

화장 문화로
찔레꽃 향기에 묻혀
뜬구름만 바라보며

상여소리 잊고
이승과 저승 사이에서
옛 생각에 잠겨 있다

끌 수 없는 불

해님이 하루 일 마치고
서녘 하늘 능선에
불을 붙인다

산불 감시원
닭 쫓던 개 지붕 쳐다보듯

소방차
끌 수 없는 하늘 불

부처님의 연기로
끄는 불

타버린 잿빛 하늘은
내일을 위한 밤이다

새벽

옴…
하늘이 서서히
어둠을 밀어내는 소리

옴…
검은 숲이 기지개 펴고
초록빛 잎새가 하늘하늘

옴…
아침 햇살 허공에 광명으로 밝아
새들이 노래하고 만물이 연기한다

낙숫물

천년고찰 신흥사(新興寺)*
설선당* 툇마루에 무심히 앉아
낙숫물 바라보니
망설임 없이 떨어짐은
식은 죽 먹기보다 쉽더이다

넘치지도
보탤 것도 뺄 것도
있는 그대로
평상심(平常心)*의 수적석천(水滴石穿)*이더라

*신흥사 : 삼척시 근덕면 동막리에 있는 대한불교 조계종 제4 교구 말사 천년고찰.
*설선당 : 법력이 큰 스님이 대중에게 설법하는 곳.
*평상심 : 특별한 동요 없이 편안한 심리상태.
*수적석천 : 힘없는 물방울이 처마 밑의 툇돌에 구멍을 뚫는다는 고사성어.

제행무상(諸行無常)

꽃 피고 지듯
너도나도 인연 따라
오고 가는 인생

영원한 것 없듯
한 시절 소풍 왔다

시절인연 끝나
지는 꽃인 걸

죽는다
서러워 말라

인생은
허공의 구름 같은 것

형상 있는 것
제행무상이다

나이테

삶의 흔적
기록된 나이테
계절의 순환
여여(如如)하게 기록된 사초(史草)다

쉬어가는 나목은
인간의 곁에서
예술로 승화해
독창적인 형상을 한다

나이테가 CD라면
눈 내리는 겨울밤 어미 품이 그리워
애타게 우는 고라니 소리
장끼 울음

봄바람에 둥지를 틀고
사랑을 속삭이는 미물들
산과 들 푸른 잎
오색으로 물드는 모습
사계의 관현악이다

남은 내 삶

남은 내 삶의 시간
연꽃같이 살리라

가부좌를 틀고
황소 코를 끼어
등에 올라타고 피리를 불리라

걸리지 않는
물과 바람처럼

선과 악 시비치 말고
묵언하며 경청하며 살리라

허공에 핀 한 송이 꽃
인과의 연기로
있는 그대로 받아

소리에 놀라지 않는
사자처럼
무심히 살리라

꽃이 하는 말

내가 피고 지는 것은
벌 나비와
미물들에게
양식을 보시하고
종족을 번식하며

사바세계를 진실과 선으로
이웃에게 이로운 삶을
살다 가려 함이다

사람은 인간답고 향기롭게
개성과 창의로 더불어 살며
시기 질투 욕심을 버리고
무소유로 살라며

세상을 있는 그대로
보고 들은 대로 거짓 없이
말하고 행동하며
바른 마음으로 살라 한다

예쁘다
돌아다니지 말고
꽃처럼 조용히 의심하지 말고
한갓지게 살라 한다

꽃비 내리는 터널

핑크빛 벚꽃 잔치
길을 나선다

봄바람 살랑거려
꽃비 내리는
봉황산 은덕길
학창시절 생각난다

등나무 테라스 벤치에 앉아
꽃잎을 받으며
새들의 노래에
윙윙거리는 벌들의 합성

떨어진 꽃잎
살짝이 밟으며 내려간다

횃불

능선 따라
등고선 그리며
횃불 들고 너울너울 파도처럼
산자락 밟으며 강과 들
오곡백과 황금빛
농민의 가슴은 설렌다

가을은 인연의 순환
있는 그대로
뿌리고 가꾼 대로
너는 누구를 위해
몸 살라가며
횃불을 들어본 적 있는가

낙엽의 몸짓

화풍에
곱게 물든 단풍

목 긴 사슴
풀벌레 새소리
나그네의 찬사를 받은
얼룩진 낙엽

소설 바람에
뒤척이는 영혼들
미련 없는
허허로움의 몸짓

앙상한 가지마다
눈보라에
휘파람을 불고 있다

오징어 혼불*

햇살이
해풍에 밀려오는 바람 부는
어촌 앞마당

삼단 자연 건조대에
먹통* 오징어
내장을 털어놓고

대나무 꼬챙이에 끼어
빨래처럼 걸려 있다

밤이면 달빛에
파란 혼불*로 피어
검은 바다를 그리워한다

*혼불 : 오징어 껍질에서 달빛에 반사하는 파란 불빛
*먹통 오징어 : 동해안 바다에서 잡은 오징어

몽돌

세월 가는 소리
제행무상(諸行無常)의 진리

몽돌 구르는 소리
속세의 업장
가랑비에 젖어 선명하다

미래세(未來歲) 다하도록
소우주를 굴려
티끌을 날린다

질경이풀

수건 한 장 목에 걸고
냇가로 세수하러 가는 길
오늘도 야무진 얼굴
파릇파릇 야무진 풀

아이 어른
강아지가 밟아도
길 내어주는
올록볼록 초록잎 질경이풀

밟으면 누웠다 일어서는
오뚝이 인생

무궁화 꽃처럼
피고 지고 더불어
보시하며 살래요

황새의 늦은 저녁

어디서 놀다
노을이 내려앉은 강가에

황새 두 마리
물풀 곁에서
물고기를 노려보고 있다

어둠이 깔리기 전

배 채우고
윗마을 소나무 둥지로
돌아가야 하는데

아직 배가
차지 않았나 보다

고라니 울던 새벽

설악산장 눈 오는 새벽
커튼을 열고 숲속 바라보니

어린 고라니
산장 불빛 쳐다보며
애슬피 운다

숲 가지마다
눈꽃이 피었다

외등 불빛에 반사된
고라니 눈빛
시린 눈물이 고여 흐릿하다

미안한 마음에
거실 불 끄고 누워 보지만
잠이 오지 않는다

호박씨 대신 흰 제비

이웃 동네 언덕배기
독거노인 처마 밑

작년 살던 제비 빨랫줄에 앉아
올해도 살게 해달라
지지배배 인사한다

고운 햇살 가득한 아침
새끼제비 울음에 살펴보니
검은 제비 3마리
흰 제비 1마리 나란히 고개 내밀고
밥 달라고 노란 주둥이 내밀고 아우성이다

온 동네 경사다
신문, TV는 떠들썩

소식들은 사람들이 보내온 물건
우체부 아저씨도 덩달아
신바람 났다

슬픈 생애

빼어난 아내 만나
기죽은 남편과 살아가는
가련한 조선의 여류시인

초희(楚姬)*는 낭군 기다림에
청초한 난(蘭), 수놓을 적
갈대밭 틈새 내린 햇살에 기대어
자식 잃은 슬픔 가슴에 묻고
고단한 몸 쉬어간다

낙엽 구르는 달밤 귀뚜리 소리
폭풍한설 기나긴 밤
자신을 위로하며
삼세*의 인연에 붓을 들었건만

시어머니 닦달에 시름을 달래다
그리도 일찍
허공중에 별이 되었나

*초희 : 허난설헌의 본명
*삼세 : 과거 현재 미래

갓바위 법문

부처가
삼라만상 머리에 이고
중생들의 이생의 삶
어여삐 살피고 있다

이고 지고
가슴에 담고
찾는 이마다
소원도 가지가지

수많은 방편 경전에 적어놓고
대덕스님의 법문 통해
일러주건만 듣지 못하니

제발
당부 또 부탁

바른 마음 행동
보시하는 삶을 살라 한다

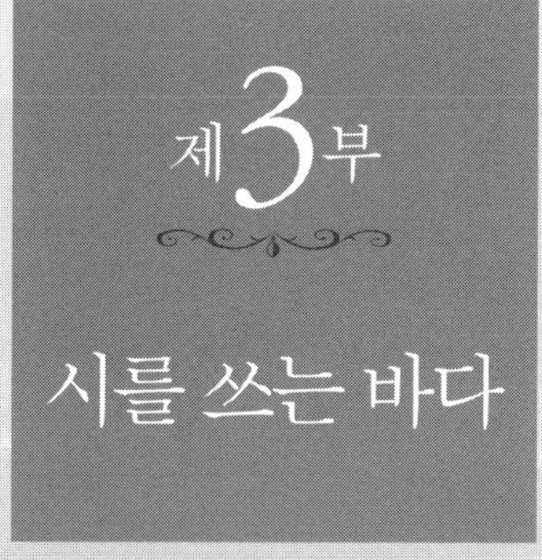

제3부

시를 쓰는 바다

꽃은 천사

꽃들은 욕심 없이
피고 지고

꽃은 보리마음으로
꿀과 향기를 주며
윙윙하며 즐겁게 살아간다

꽃들은 시기할 줄 모르며
서로 사이좋게 지낸다

꽃은 비교하지 않고
스스로 아름다워
미소 짓는다

모두 내려놓고 사는 꽃들은
오고 감이 없는 천사다

시 쓰는 바닷새

봄 바다
잔잔히 철썩철썩
갯바위 초록빛 물감
모래톱에 풀어놓는다

봄빛 바다
조용히 파릇파릇
해초 내음 싱그럽다

바닷새
파도가 쓸고 간 해변에
두 발로 또박또박
봄시를 쓰고
입으로 콕콕
마침표를 찍는다

낙엽편지

강변 산책로
초록 벚나무 고까짓 밤 서리에
붉은 밭은기침 토해
얼룩진 낙엽편지 띄웠다

벚꽃도 꽃이요
얼룩진 낙엽도 꽃

그중에 허공을 날아
네 가슴에 안긴 편지 한 장
아직 온기가 남았다

봄날 꽃 터널 속 꽃비
벌 나비춤과 새들의 노래
검은 체리 같은 버찌
매미들의 합창

싱싱한 초록빛 잎이
피멍으로 구멍 났지만
책갈피 고이 끼워
바르게 펴 눈 오는 날
어여삐 안아주세요

빛바랜 낙엽 올림

아침 바다

파도는
어둠을 키질해 밀어내고

붉은 양수를 흘리며
앵두 같은 얼굴
동녘 하늘가에 밀어 올린다

일출의 황금빛
가을 들판같이 일렁인다

파도는
너울져 육지로

갈매기
아침을 노래하고

어부는
그물을 거둬 올려
항구로 발길을 돌린다

하! 매화꽃

겨우내
시린 아픔 참고
활짝 피운
매화꽃

하!
예뻐
들여다보니
기막힌 향기로움
절로 눈이 감기어

까칠한 가지
어루만지며
애썼다
위로의 말 전한다

홍매화

뜰안 가득 향기롭다
겨우내 쉬지 않고

까칠한 가지마다
몸살 앓은 피부에 올린
접은 꽃망울

시린 바람에 배시시 웃는 홍매화
노란 수술이 향기 날리는
봄 봄 봄

눈부시도록 아름다워
몸 둘 바를 모르겠다

잃어버린 세월

울안 화단에 핀 청색 난(蘭) 향기
방안 가득 스며 그윽한데
어이해 내 가슴 이리도 아린가

섬돌을 돌아 흐르는 물길은
앞뜰 경포호수로 흘러들어
바다로 가건만
내 청춘은 가뭄 들어 갈라터진 논바닥 같은가

호수에 날아온 원앙이 부럽다
진작 알았다면
학춤이라도 배워둘 것을

갈대는 모진 비바람 잘도 견디건만
나는 어이 할꼬

차라리 부처님 전에 귀의해
부귀영화 다 내려놓고

생전의 내 본래 모습
찾아볼까 하노라

님의 향기

앞산에 밤나무 심어놓고
짧은 생 살다 간 서방님 그리워
일 년 중 유난히
유월을 좋아하는 밤꽃 여인

저 하늘 별 되어
봄마다 찾아와
흐드러지게 갈래머리 땋아놓고
밤꽃 향기 피운다

못다 한 인연
밤나무 가지에 엮어놓은 사랑의 꽃 타래
주렁주렁 달아놓고 가신 우리 님
내 어이 잊으리오

밤이면 밤마다
팔베개로 잠들게 해준
그 고마움 못 잊어
오늘도 창문 살짝 열어 놓고
님의 품에 안길 생각에
못다 한 사랑 꿈속에서 나누네

민들레 홀씨

동구 밖 양지바른
돌담 곁에 자리 잡은
두 포기 민들레 형제
노랗게 웃는 얼굴이 닮았다

지나가는 벌 나비
향기 찾아 꽃잎에
싱글벙글 입 맞추는 소리에

졸고 있던 검은 고양이
앞발로 깃털 달린 홀씨
툭툭 건드려
파란 하늘에 날려 보지만

바람 한 점 없어
엄마 주름치마 자락 붙잡고
손닿는 이웃에 자리 잡았다

노을

여명의
해오름
뭇 생명에게
새 희망을 안기는 노을

맑은 날
무지개 오름
꿈 많은 어린이들
미래의 아름다운 다리

서산을 넘는
황혼의 아름다운 노을
지구에 소풍 와서 삶을 돌아보는
시니어들의 참회 눈물

백조의 구애 춤

– 핀란드 바다 호수에서

귀족의 새
아름다운 백조의 몸짓
수면 밑 물갈퀴는
고단한 노력이다

긴 목을 에스라인 만들어
하트모양으로 세우고
수영하며 내뿜는 물의 파장

너무나 아름다워
입을 다물 수 없는
백조의 구애의 춤이다

사랑한다는 수컷의 의사표시
암수가 나란히 행진
처음 보는 현란한 공연

암컷은 마음에 들면
서로 머리를 비비고
함께 나란히 춤을 춘다

싫으면 수면 위로
핀 항공기 이륙하듯
냉정하게 자리를 떠난다

진토닉

모과나무 잎새에 묻힌
진분홍 꽃
유심히 안 보면 몰라라

떨어진 꽃잎
본 적이 없어라

푸른 모과
햇살에 굴린 황금빛 못난이

깍두기처럼 송송 썰어
35도 과일주에
1년 숙성한 진홍색 술

하이글라스에 얼음 넣고
술에 레몬즙 몇 방울 넣으면
진토닉 칵테일 술이어라

은방울꽃

단군을 모신 태백산
지당골 초원길
문수봉 오르다 보면
옹기종기 군락 이룬 은방울꽃
바람에 달랑달랑

넓은 초록 잎 받침에
꽃대 길게 뽑아
은방울 조롱조롱 울리며
바람 그네 타는 모습
참 예쁘다

고향 바다

두타산 끝자락
동해의 외로운 섬 덕봉산
갈매기 노래하는
내 고향 명사십리 근덕 해변

햇빛 그늘
손거울처럼 아롱거리는 바닷속

술래잡기하는 조가비들의 쉼터
엉덩이 흔들며 잡은 조개로
잔치국수 말아주던 누나 손길

모래 언덕에 붉게 핀 해당화
나팔꽃 닮은 갯메꽃
반기는 고향 바다 모래톱에
모래찜질하던 생각

철썩이는 파도소리
해풍 막아주는
울타리 같은 해송이
고향 바다를 지키고 있다

갈매기의 하루

뱃길 따라
먹이 사냥하다
피곤하면 뱃전에 앉아
한숨 코 자고
백사장에 모여 털 고르기

동풍 불 때
기류 타고 멋진 비행
끼~륵 끼~륵 노래 부르고

늦은 오후 강에 올라
샤워하며 물장구치다가
날개 펴 햇살에 말린 후

갯바위 돌아와
별들이 소근대는 이야기 들으며
달님 자장가 소리에 잠들어
태양의 미소에 아침을 맞는다

바다의 날

– 5월 10일 바다쓰레기 수거하는 것을 보면서

파도는 말없이
넓은 바다를

농부처럼
밤낮 쉼 없이 키질하듯
갈아엎어
지구 친환경 농사를 짓고 있다

어부와 해녀는
점차 수확량이 줄어든다
아우성이다

바다 숲은 먹거리의 창고
생명의 어머니가
심각한 병에 걸렸다

어린이날 있듯
바다의 날 정해 놓고
지키지 않으면
멀지 않아 인류는 멸망한다

갈대

시린 밤
마디마다 파고드는 강바람
아린 몸 기대며 소근댄다

휘어질지언정
자존심 상하지 않으려
애쓰는 모습이 가상하다

민초(民草)들이 감내하는
삶의 여정
대물림은 없어야지

마음 다칠까?
연말연시 이웃을 돌아보며
눈물겨운 삶을 이어가는
소리 없는 슬픈 울음이
중생의 아픔이다

그루나루 카페에서

화사한 한강의 봄
영화대교 옆길 '그루나루 카페' 에서
사랑하는 아내와 카프치노 차(茶)를 마시며
기적의 한강의 하늘은
구름 한 점 없는 청명한 봄날이다

국회의사당의 청색 지붕
선유도
한 폭의 그림
선유교 구름다리 밑에서
오리배 저으며
사랑을 만들어가는 연인들

바람에 살랑대는
실버들 벚꽃 가지에 앉은 참새는
꽃 그네 타고 노래를 한다

바닷가에서

파도가
겹겹이 밀려들어
애달픈 마음 둘둘 말아
그대 가슴 보고파
까치발 딛고 솟아올라
백사장에 부서지는
하얀 파도소리
해슬피 운다

갈매기도
끼룩끼룩
눈이 붉도록 울고
물빛조개들은 흰 구름 바라보며
달그락 달그락
애달피 운다

봉평 뜰

이효석 선생 동상 옆에 앉아
시첩 펼치고

전망대서 바라본
소금 뿌려진 메밀 꽃밭
바람에 하늘 그리며
가을 하늘 뭉게구름 피듯
내 가슴에 핀다

개울가 흰 갈대 머리
코스모스 어깨 토닥이며
축제 분위기는 절정에 달하고

문단을 빛낸 민족의 거장
젊은 나이에 가셨지만
님이 남긴 가치는
향기로운 봉평 뜰에 남아
문단의 하늘 같은 스승이어라

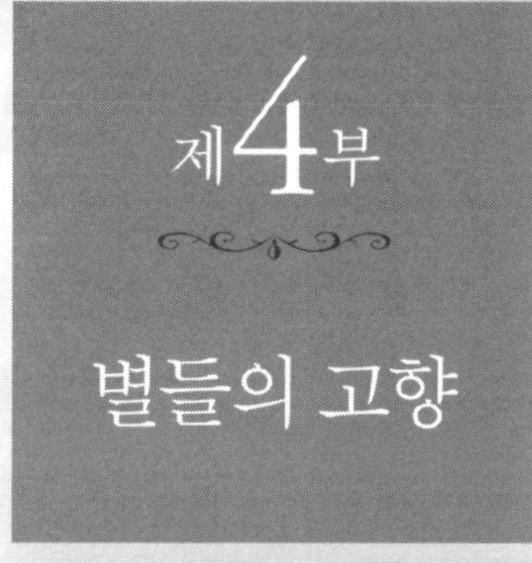

제4부

별들의 고향

손칼국수/ 누이 생각/ 꿈 키워 준 모교
고향마을/ 별들의 고향/ 꽃그네/ 외나무다리/ 조순임 영전에
못다 한 사랑/ 행복한 기쁨/ 다듬이질/ 유년의 여름밤/ 가연정/ 접시꽃 친구
정월 초엿새/ 도경역/ 익어가는 세월
꼴망태 메고/ 황태/ 월석

손칼국수

추녀 끝자락 양철판 물받이
빗방울 소리 후드득 소리 들리면
고방 문 열고
밀가루 한 바가지
콩가루 한 사발 들고 나오시는 큰어머니

말랑하게 치댄 반죽 두 덩이
나무판 위에 밀가루 뿌려
홍두깨로 밀고 당겨 펼친
보자기보다 넓은 국수판

기차처럼 척척 접어
나박나박 썰어 펼쳐 말려
끓는 물에 끓여낸
국수 한 사발에 삶은 감자
함께 먹던 아욱국 생각이 난다

지금도 비 오는 날
손칼국수 집을 찾아
옛 입맛을 즐긴다

누이 생각

검은 치마
풀 먹인 흰 카라 달린 교복 입고
동구 밖 나서는 누이
꽃 중의 꽃

바쁜 농촌일 중에
따뜻하게 챙겨주더니
우체국에 출근한 후
애인이 생겼다

강 건너 손전등 반짝이면
누이 마중 갔는데

파란 하늘가
주절주절 황색 감 걸릴 때
꽃가마 타고 한재 넘어
읍내로 시집간 누이

한동안 귀뚜리 우는 달밤
누이 생각에 잠을 설쳤다

꿈 키워 준 모교

읽을 도서가 없던 시절
만화를 보면서
시인의 꿈을 키웠던 초등학교 교정
54년 만에 찾아
옛 추억에 잠겨 본다

학교는 새 단장
파란 잔디 덮인 운동장
동창생들과 심은 향나무
모과나무에 노란 열매가 탐스럽다

환경은 좋은데
예전, 700명 꿈나무가 뛰놀던 곳이
현재는 분교를 합쳐 120명이다

나와 약속한 일
후배 전교생에게 내가 출간한
동시 1집 《맘마 먹자, 레오야》
2집 《눈썹달로 웃지요》
두 권의 아동문학 도서를 선물했다

모교 정문을 나서는 마음
꽃길을 걷는 듯 가벼웠다

고향마을

한치재 넘어
명사십리 맹방해변 끝자락
병풍처럼 에워싼 두타산 문필봉 자락
내 고향 오리마을(오리골)

마을을 끼고 서북쪽에서 동남쪽으로
흐르는 마읍천

새들의 보금자리
억새꽃 나부끼는
밤하늘 별빛

봄바람에 진달래 피고
솔향기 짙게 날릴 적
산골짝마다 장끼 울음소리
마을을 휘돌아 갈 때
노루가 긴 목을 세우는 마을

여름이면
멱 감으며 물장구치고

가을 오면 홍시가 열리고
들에는 오곡백과 주렁주렁

겨울엔 논바닥 얼려
스케이트장 되는 멋진 마을이다

별들의 고향

바닷바람
문필봉 산자락이
병풍처럼 에둘러 앉은
아늑한 오리마을

서낭당처럼 지켜 온 마을 수호신
천년 묵은 느티나무
병자년 수해에 잃었지만

필봉이 수많은 공무원과
나라의 인재 문무관을 배출한 곳

모락모락 피던 굴뚝 연기는 없지만
구수한 된장 냄새는 솔솔

지금도 반딧불이 깜박깜박
부엉이 부엉부엉 노래하고

밤하늘 별들
은하수 강에서 반짝반짝 빛나는
별들의 고향마을

꽃그네

마을 둑길 따라
늘어진 노란 개나리꽃 가지
내 방 커튼 닮았다

바람에 하늘하늘
봄소식 전하며
새들을 부른다

나들이 나온 참새
활짝 핀
꽃가지에 앉아

놀이공원 말그네 타듯
짹짹~짹
재잘재잘
꽃그네 탄다

외나무다리

여름 장마 오기 전
강폭 좁은 여울목에
외나무다리 놓는다

마을 장정 다섯
물속 삼발이 세워놓고
추 매달아
끈 잡아당기며
떡방아 치듯
어이 령~차 쿵 덕 쿵
잘도 돌아간다
어이 령~차 쿵 덕 쿵

뾰족한 참나무 다리발
강바닥 비집고
쑥쑥 잘도 들어간다

넓은 다리 판 구멍을
다릿발에 끼워
염소 매어놓듯
쇠 말목에 묶은 후

꽹과리 장구 북 소고 징 대평소를 불며
마을의 무사안일을 위해 제를 지내고
음식을 나누어 먹으며
지신(地神)을 밟는다

조순임 영전에

- 2021년 3월 5일 큰사위

조씨 가문의 21살 꽃다운 강릉 색시
꽃가마 타고 삽당령 넘어
임계정씨 가문에 시집간다

시집살이 6년 만에 봉의 낳은 기쁨
잊을 수 없다
그 뒤로 아들 셋 딸 하나 더 낳고
한석봉처럼 자녀 교육차 홍제동 고갯마루
볕 잘 드는 한옥 마련
오남매 출가시키고
남은 삶을 낭군님과
여생을 행복하게 살라 했건만

서방님 먼저 하늘나라 배웅하며
말 못할 가족사 못내 가슴에 묻고
오직 간절한 기도로 하나님 은총 받고 살아온
조순임 권사님!

무심히 흐르는 세월 막을 수 없어
요양원으로 가신 장모님
자나 깨나 자식 걱정

뜬 눈으로 지샌 밤 얼마이던가

다행히 효자 효녀 덕분에
님 곁으로 떠난 날 생각해 보니
이 땅에 소풍 와서 일가를 이루고
94년 살다 홀연히 떠나니 꿈만 같다

고맙다 고마워!
내가 없더라도 가문을 빛내고
형제간 행복하게 살아다오

못다 한 사랑

달과 별 일렁이는 외나무다리 건너
제방 밑 찔레꽃 향기 가슴에 안고
해와 달 돌려 한치재* 힘겹게 오를 때

할아버지 기침소리에 장닭이 울고
문필봉 너머 바닷바람
솔향 가득 실린 아침햇살
오리골 약국집 마당 여명이 밝는다

어미 탯줄 타고 지구에 소풍
오남삼녀 보란 듯 키워 출가
한 세기를 살다
사랑하는 아내 곁으로
홀연히 가신 약국집 경주최씨 종손
東자 興자 아버님!

자식들의 미진한 효도 용서하시고
어머님께 우리네 소식 후덕이 전하시어
못다 한 사랑 영원히 나누소서!
아버님! 사랑합니다

*한치재 : 삼척과 근덕면 사이 해안선 따라 긴 오르막 고개

행복한 기쁨

삶의 삐걱거림
누구나 겪는 일
칠순 넘기며 덤으로 사는 생
마음이 여유롭다

채소 한 포기 심을 땅 없어도
시장에서 사면 되는 것

막걸리 생각나면
친구와 길모퉁이 주막집
지난 삶의 희로애락 풀어가며

산과 들은 가서 놀면 되고
호텔이 필요하면 쓰면 된다

40년 아내와 함께
자식 출가시켜 사회에 진출

연금 노년 생활로
문단에서 시와 동시를 쓰며
전국 문인들과 교류하며 창작활동
말년의 행복한 나의 기쁨이다

다듬이질

정월 대보름
다듬이질 한마당

검정 치마 흰 저고리
머리엔 하얀 수건 쓴
늙수그레한 촌로들

양손 방망이 하나씩 잡고
마주앉아
다듬잇돌 위에 풀 먹인
미운 신랑, 얄미운 시어머니 옷 펴놓고
야무지게 두들긴다

뚝딱 뚝딱 투다 닥 탁탁
뚝딱 뚝딱 투다 닥 탁탁
박자 맞춰가며
땀이 송골송골 맺도록
두들기면
가슴이 후련해진다

유년의 여름밤

저녁노을 물들 때
모깃불 피워놓고
멍석 위 두레상에 앉아
저녁 먹고

호박 꽃잎 접을 때
등잔불 밝히며

은은한 달빛 그림자에
박꽃 하얗게 피면
별들이 하나둘 반짝인다

마을 강변 제방 풀숲
반딧불 엉덩이 불 떼어
눈꺼풀에 달고
골목길 돌아다닌다

가연정(佳淵亭)

시인 가촌(佳村)* 소유 산(山)에
고인의 뜻한 바 거대한 의지로
삼척시 도움을 받아
가곡면 병풍산 습지 언덕에
팔각 정자 세우고
서예가 임규 선생님의 친필을 받아
가연정 현판을 걸었다

임은 갔지만
발자취는 올곧게 남아
전국 50명의 목 시비가
먼 길 떠난 시인의 상주가 되어
가을 하늘을 우러러보고 있다

딱따구리도 시를 읽으며
아주 가지 말고
어서 돌아오시어
병풍산 문우들의 길 안내자로
이 땅에 고이 영면하소서

*가촌(佳村) : 이용대 시인의 호

접시꽃 친구

연분홍 접시꽃

꽃잎 반 갈라서
친구 코에 닭벼슬 붙여주고
꼭꼭 꼬끼오……
장닭 울음 울던 내 동무

여자 친구 빰에 꽃잎 달아주고
손가마 태워 골목길 돌며
각시놀이하던 유년의 생각

그때 그 친구
지금 어디서 무엇 하는지
그리워진다

정월 초엿새

한국전쟁 중
어미 몸 빌려 정월 초엿샛날
난리통에 태어났다

포성이 어떻게 멈추었는지
기억도 없다

팔순을 일 년 앞두고
내 생일날 눈을 감은 어머니

동막 신흥사 지장전
영가전에 부처님 모현을 모시고
달마다 지장재일 날
스님과 함께 왕생극락 기원재를 올린다

도경역

한양 소식 실어 나르던
삼척의 옛 관문 도경역
등록문화재 제298호

일제강점기
철도 노동자들 망치소리
새마을 운동 깃발
숱한 애환 간직한 역사의 관문

상하행선 정지된 시간표
조개탄 난로 온기 잃은 긴 의자
그리움에 젖어 있다

빛바랜 검은 자석식 전화기는
벨소리 기다리며
수신호용 적록색 깃발
역장의 눈빛은 찾을 수 없고

스쳐가는 열차의 뒷모습
가을 코스모스가 손짓한다

익어가는 세월

산악자전거로
고향 선산에 올라
검푸른 동해 수평선 바라보니
내 가슴이 젖어온다

조상님께 숙배
잠시 좌정에 들다가
맹방 명사십리 해변길 지나
한재 넘어 정라항 바라보며
새천년도로 갯바위에 부서지는
아름다운 하얀 꽃 안고

삼척해수욕장에 들어서니
연인들은 카페에 삼삼오오 둘러앉아
모래톱에 묻힌 옛 추억
웃음꽃 피는 해변

아~ 고향 바다는 그대로인데
나그네만 익어가고 있다

꼴망태 메고

먼동이 트면
고양이 세수하듯 눈을 헹군 뒤
꼴망태 어깨에 메고
근산 솔향 가득한 논두렁으로 향한다

풀들은 망사이불에
은방울 구슬
조롱조롱 매달아 놓고 잠잔다

아침 햇살 번지면
물안개 피워
무지개다리 놓는다

논두렁에 앉아 이 모습 보노라면
내 마음은 천사가 된다

낫으로 이물질 제거하고
꼴망태 채우고 나면
엉덩이는 이슬에 젖어
홍건하게 젖어 있다

황태

바다 밑
산속에 살다가
하늘 속
덕장에 걸린 생태

붉은 영혼의 눈빛은
갈대 관속에 삼일 머물다
솔향 가득한 설산에
고이 잠들었다

육신은 햇살에 걸려
북풍한설 맡으며
동안거를 지나
먹물 옷 대신
광명의 황금빛으로
대자비의
부드러운 훈육으로 닦았다

도(道)의 향기로
임금님의 수라상
조상 제사상에 올랐다

황태국으로
인간의 쓰린 삶을 달래며
붉은 혈이 되어
심장의 정맥과 동맥을 돌려
삶에 지친 중생에게
대자비를 베풀며 살아간다

월석(月石)

티끌만한
작은 소우주
사암(沙岩)에
휘영청
보름달 떴다

민초들
달마중한다

제5부

나릿골 풍경

매화(梅花) 향기

겨우내
숨겨놓은 님 생각
튼 살 품속 간직한 매화 향기

봄비 한 모금에
고이 접어 간직한 꽃잎

햇살 한 줌 끌어안고
살랑대는 푸른 바람 맞아
꽃 몽우리 살랑살랑
진분홍 매화꽃 피웠나?

님이시여!
고맙고 고맙소

정말 멋스럽고
아름다운 고귀한 자태
운치가 뚝뚝 흐르는
미소와 향기를 사랑하기에

나는
난
눈으로 보기만 했지
사랑한다는 말 못했소

가을에 안긴 죽서루

가을 햇살이
벚나무 단풍나무 느티나무
잎새에 흔적을 남기고
바람은
시간과 공간을 조절하며
대숲에 안긴다

한 폭의 가을 풍경
죽서루 벼랑 밑 강에 어리어
물을 채색시켰다

죽서루를 잉태한 오십천
새들도 풍류를 아는지
저마다 시 한 수 읊는다

황어는 물속에 잠긴 누(樓)에 올라
노을 진 수면 위
가을을 훔쳐본다

장미축제

진딧물 방제
싱싱한 색상 유지하려고
약물 비 오듯 뿌려
잎과 꽃이 혼수상태인데
백만 송이 장미축제 열렸다

장미는
젖 먹던 힘으로 버티고
사람들은
꽃 색상에 빠져 넋을 잃었다

장미는 정신을 잃고
벌 나비 찾지 않는 축제장
인간의 희로애락은
어디까지인가

나릿골 풍경

감성골 굽이굽이
동쪽 언덕 오르다 뒤돌아보면
그림같이 펼쳐진 정라항
그곳에 나릿골 바다 풍경이 있다

먼동이 틀 때
아침바다 일출의 금빛 찬란한 해돋이
어선들이 풀어 놓은
비릿한 어판장의 생선들
활어의 입찰소리는
어촌의 질척한 삶의 현장이다

다락논 같은 슬레이트지붕 사이로
생선을 이고 지고 개미처럼 나르는 모습들
갈매기 노래 들으며 어구를 손질하는
어부의 고단한 하루

저녁노을 곱게 번지고
가로등 불빛이 항구를 밝힐 때
찻집에 앉아 따끈한 커피 한잔 앞에 두고
여기까지 걸어온
우리네 삶을 뒤돌아볼 수 있다

밤꽃 향기

달빛 쏟아지는 밤
앞산 밤꽃 향기
바람 따라 사립문 넘어
창가에 기웃댄다

님 그리워
잠 못 드는 밤
너마저 이내 마음 몰라주고
내 마음 파고들어
서러워 눈물 맺히는

이 밤
왜 이리
길기만 한가

이효석 선생 생가에서

님은 가시고 없어도
봉평 언덕 벤치에
형상으로 남아
고향을 바라본다

가을 하늘
황금빛 바람에 실어
메밀밭 가꾸어

부촌으로
만대에 영원히 빛나
한국문학을
꽃 피운다

길바닥 장터

시장 주변 점포 없는
장보따리 펼치는 아낙들
봄동 시금치 무 감자
사과 곶감 밀감 소복이 올려놓고
더덕 도라지 다듬으며
맨입으로 쭈그리고 앉아
하얀 입김을 날린다

겨울바람
고추같이 맵다 못해
살을 파고든다

밥집 된장국 솔솔 풍기면
도시락 펼쳐놓고
허기진 배를 채우고

해질 무렵
따신 오뎅국 한 그릇에
서로 도닥거리며
고단한 하루를 마감한다

목련아씨 · 2

봄바람 살랑대는
파란 하늘가에

그대, 하얀 꽃망울
눈이 부시도록 향기롭고
아름다운 가슴
고이고이 간직하리다

그대, 얼룩져 떨어진 꽃잎도
사랑합니다

그대, 꽃 진다고
슬퍼하지 말아요

그대, 가시는 길
꽃잎 발자국 놓아드리니
웃으며 밟고 가소서

생강나무 꽃

이른 봄 계곡
생강나무에 달라붙은 안개 고드름
시샘하지만 생강꽃
소담서래 핀 봄의 전령

꽃향기 계곡에 번져
노란 꽃동산

꽃 진 자리 여린 잎
참새 혀 닮아
덖어 차로 마시면
봄기운 파랗게 살아난다

눈(雪)폭탄

2014년 2월
백 년 만에 내린 눈
어른 배꼽까지 왔다

눈에 갇힌 자동차
눈폭탄에 부러진 가로수

삶에 지친 도시
설국으로 바뀌어
천국처럼 고요하다

하루가 지나서
생긴 오솔길
오가는 교행 멈추어서야 한다

오십천 팔각 정자에서

오월 보름 맑은 날
오십천 둘레길

죽서루 기암절벽 건너
팔각 정자에 앉아
50굽이 휘돌아온 강
봄바람 소리 듣는다

연초록 짙어가는 길목
꽃들의 향연

나비는 부채춤 추고
새들은 노래한다

관동팔경 제1루 절경에 빠진
옛 시인처럼
흥겹게 어울려 놀아보자

초대받은 하객들

하얀 드레스 입은
오월의 화사한 신부 이팝나무

청명한 하늘
뭉게구름 피듯
봄바람에 나부낀다

가로등 손잡고 신부처럼
등교하는 여고생들의 축하를 받으며

만삭으로 차오른 달
무수한 별
보랏빛 종 울리는 오동나무는

화들짝 핀 이팝나무 꽃잔치
무도회에 초대받아
바람결에 왈츠를 춘다

춤추는 꽃길

강변길
가녀린 꽃대에
색색이 피어난 꽃

저마다 해맑은 미소로
둘레길에 하늘하늘
향기 날리는 가을꽃

오는 손님
반갑게 맞는
춤추는 코스모스 꽃길

백두산 천지

중국 땅 밟고
우리 강토 백두산 오르매
슬픔 안고 올라
안개꽃이 일행을 맞는다

가슴에 품은
태극기 휘날려 보건만
서러움에 개운치 않다

천지는
솜털 안개 가득 담고
하늘 구름 담긴 얼굴 볼 수 없다

인내심으로 기다렸건만
얼굴에 내려앉은 서늘한 물기를 닦으며
아쉬운 하산을 한다

아! 보고픈 천지여!
다시 오마
민족의 산

통일된 조국의 땅 밟고
당당히 두 발로 걸어
환웅의 품에 안기리다

그리운 금강산

2004년 11월 초겨울
아내와 봉래호에 승선
인천항을 떠나 북한 장전항 앞바다
공해에 정박 북한의 허락을 기다린다

꿈에 그리던 금강산을 향해
버스로 공원 주차장 도착

북한 여성 안내로 삼엄한 감시 속
주의사항을 듣고 조별로 관광 시작

아름다운 만물상 바위에
자연 분재 소나무
표현하기에 입만 아픈 일만이천 봉이다

신선이 놀다 간 자리에 앉아
현대상선에서 준비한 꿀맛 도시락
생각하면 꿈만 같다

눈 내리는 숲
산토끼 사슴 고라니 삶 꿩

한 폭의 동양화다

솔향 가득한 맑은 향기
때 묻지 않은 수려한 해금강 물빛
저리도 곱고 아름다울 수 없다

구룡폭포의 웅장한 소리
물안개에 드러난 무지개 일품이다

도개비불

차창 밖
무심코 버린 담뱃불
옮겨 붙은 작은 불씨

도깨비 불장난하듯
불붙은 솔방울은 바람 타고
이산 저산 불씨를 옮깁니다

인재로 화마에 휩싸인
산림녹화가 황무지로
삶의 터전을 앗아갑니다

사람은 거리로
황폐한 민둥산은
우리의 생명을 앗아갑니다

통일의 기원

분단된 철책 위
무심히 나는 새를 바라보며

휴전선 남측 경비구역
두더지처럼 침투해
북측 병사가 묻은
목함지뢰 폭발

두 다리 잃은 대한의 아들
온 국민이 슬픔에 잠겼다

아! 비통하다
바다와 육지에서 호시탐탐
살육을 일삼는 만행

분단된 혈맥 이어짐을 보고
눈을 감는 날 오길
부처님께 기원한다

달빛 소나타

두타산 서녘 하늘
능선 구름에
가마솥 걸어놓고
부글부글 순두부 끓듯
노을이 번진다

밤하늘 별
하나둘 뛰어나와
자리를 잡고

미리내
메밀꽃 흐드러진
봉평들 같은 풍경

달님은
죽서루* 용마루에 걸터앉아
피리를 불고 있다

*죽서루 : 관동팔경 제1루(삼척)

꽃잎 신

목련아씨!

당신의 고운 맵시
볼 때마다
가슴이 아립니다

더 머물다 가셔도 되련만
어이해 그리 서둘러 가시나요

정녕 가시려거든
당신의 고운 꽃잎 신
걸음마다 놓아드리오니

사모한 정 생각해
부디 디딤돌 삼아
밟고 가소서

농활 자원봉사

영월 아내 친구 집으로 농활을 떠나는 승용차에서
'내 나이가 어때서' 노래가 흘러나오니 합창으로 이어진다
첩첩 산골 외진 곳, 올해 처음 들어보는 참매미 소리가 시원
하게 들린다
가뭄 속 단비를 몰고 갔더니 주인이 반갑게 맞는다
오랜만에 만난 사람들 초저녁부터 여흥이다
송어회 구이 수박 참외, 꿀에 쑥떡을 찍어 먹으며 도토리전
안주로 술잔을 부딪치며 대풍의 염원을 담아 지신을 밟았다
이튿날 아침 안개 핀 골짜기에 모두 몸빼바지 밀짚모자에 장
화를 신고 3000평 밭에 깨 모종 심으며 오랜만에 새참을 먹
었더니 유년 시절 큰댁에서 고사리 같은 손으로 농사일 돕던
생각이 난다
모처럼 해본 농촌일 힘은 들었지만 보람 있었다

제6부
풍경 치는
물고기

연잎 저울

가랑비 보슬보슬
소리 없이
연잎에 모여들면

작은 은구슬 굴려
큰 구슬 만들어 굴리다

힘겨우면
살랑살랑 무게 달아
조르르 퐁당퐁당
욕심 내려놓듯 연못에 내려놓고

빈 저울
햇빛 같은 맑은 가슴
걸림 없이
하늘바람에 웃어볼래요

돌탑공원

우리 할아버지
이따금 불공드리면서
풍경소리 맑은 산기슭에
올망졸망 쌓아올린 돌탑공원

계절마다 배낭 메고 가족
야외 나들이

오가며 자원보호
환경정화 운동

도토리 모아두었다가
하얀 눈이 쌓이면

다람쥐 비상양식으로
뿌려 놓습니다

반가사유상의 모습

의자에 걸터앉아
오른손 뺨에 살짝 대고
수행하는 부처님

부모 몸 빌려 태어난
우리들의 인생

바른 말, 바른 마음, 바른 생활
바른 행동으로
이웃과 더불어
행복하고 즐겁게 살다
생을 마감하는 법
낱낱이 알고

사람들에게 알기 쉽게
말할 수 있는 방법을 깨달은 듯
미소 지으며
생각에 잠긴 모습

엄마 등에 업히면

내가 태어날 때까지
엄마 뱃속에서
날마다 열 달 동안
들려주던 자장가

건강한 영양 공급받고
새근새근 잠자며
작은 우주에 둥둥
비행하던 놀이터

엄마의 따스한 등에 업혀
귀를 대고 들어보면
그때 듣던 자장가 소리

나도 모르게
스르르 잠이 듭니다

탑돌이

울창한 고목에 쌓인
천년 역사를 간직한 절

밤하늘 별처럼 아름다운 단풍
풍경소리 댕그랑 댕그랑
스님 목탁소리는
무슨 소원인들 못 들어주랴

두 손 모아
삼층석탑 탑돌이
간절히 기도하는
할머니와 아주머니 정성에

부처님은 빙그레 미소 지으며
굽어보고 계신다

아! 그렇구나

엄마! 배꼽은 왜?
배 가운데 있어요

"너 엄마 뱃속에 처음 생겼을 때
거기에 호~스를 연결
맛있는 죽 먹였지."

지금은
끈이 없잖아요

"태어날 때
의사선생님이 입이 있으니까
불편하다고
가위로 싹둑 자르고
아빠 도장 꽝 찍었지."

아! 그렇구나

사랑의 세레나데

울타리처럼 가꾼
늘 푸른 사철나무 잎새에
은은한 가을 달빛
별빛 쏟아지는
가을 음악회

'귀뚜라미'
짝 찾는 사랑의 세레나데
귀뚤귀뚤 뜨르르
그리움의 노래

'여치'
나래 비비는 소리
찌르르 찌르르

'쓰르라미'
스르르 스르르

애달픈 사랑의 노래
가을밤 처량도 하다

풍경 치는 물고기

옛날 절에서 공부하던 스님이
일도 안 하고 놀며
공부하기 싫어 절을 떠났어요

시간이 흘러 죽은 뒤
등에 나무가 자라는
물고기로 다시 태어나
호수에서 살았어요

어느 날 어부에게 잡혀
소원을 말했어요

내 등의 나무는 목탁을 만들고
물고기는 대웅전 추녀 끝
풍경에 매달아

게으름 부리지 말고
공부하라는 부처님 꾸중으로
들리게 해달라고 부탁했어요

비밀번호 목걸이

다섯 자리 비밀번호
콕 콕콕 콕콕 맞으면
열리는 현관문

약속된 번호는
할아버지 생일날

경로당 다녀오시며
깜박 잊으셨나 봐
문밖 계단에서
기다림에 지친 할머니

가족회의 끝에
십자가 인식표
예쁜 목걸이로 결정
모두들 눈가에
눈물 그렁그렁

지구를 살려요

지구는 우리의 조상
사랑하지 않고
가벼이 다룬 벌로

산과 들이 콜락콜락
감기몸살로
오돌오돌 떨고 있어요

공기는 오염되고
무서운 코로나19병에 걸려
일상생활 마스크 쓰고 살아요

엄마 품 같은 바다
몹쓸 병에 걸린 건가 봐요

늦었지만 우리 모두 반성하고
지구 살리는 일에
함께해요

아이, 시원해

밭에서 일 많이 하신
할아버지 할머니

날씨가 흐려지면
어깨와 팔다리가
저리고 쑤시답니다

억센 아빠 손으로
꽉꽉 주물러 드려도
아이, 시원해!

고사리 같은 손으로
조물조물
아이, 시원해!

바람은 불지도 않는데
주물러 드리기만 하면
시원하다고 해요

하얀 수채화 그림

바람 타고 소리 없이
하늘하늘 내리는
함박 꽃송이

산과 들
목화 솜이불 덮어주고

장독엔 에스키모
털모자

나뭇가지마다
솜털 같은 하얀 꽃

빛바랜 빨랫줄은
흰 줄로 바뀌요

눈 내리는 겨울 풍경
하얀 물감 하나로 그려요

석등

무량수전* 석등*
하대석 위 분홍빛 연꽃좌
중대석 위 깨달음의 팔정도* 기둥
상대석 닫집* 위엔
진리의 보주*를 이고 있다

진리의 불빛
비치는 석창 벽에 서서
일심으로 공양 받쳐 든
법열에
미소 짓는 보살들
붓다를 향해 생각에 잠긴 모습
예경의 극치다

*무량수전 : 아미타불을 주불로 모신 전각
*석등 : 진리의 법을 밝히는 광명등
*팔정도 : 성인의 길로 가는 8가지 실천수행(정견, 정사유, 정어, 정업, 정명, 정진, 정념, 정정)
*닫집 : 부처님 좌대 위 지붕 모양
*보주 : 진리의 사리

관(棺) 속에서의 명상

호스피스 교육 중
삼베옷 입고
관 속에 누워 죽음을 체험할 시간
차례가 다가와 누웠는데
뚜껑이 닫히며 못 박는 소리를 듣는다
땅땅 땅…

스님이 목탁 치며
실습생은 염불 암송
이승에서 지은 업장을 소멸하여
극락세계로 인도하고 있다

들숨 날숨이 끊어진 영가처럼
나 또한 무상무념이다

오히려 화두를 챙겨 들고
나는 어디서 와 어디로 가는지
성성이 있는 그대로를 받아들여
여여(如如)히 깨어 있었다

이 뭣고

– 돌탑을 쌓으면서

꿈에 본 알바위골
찾다가 지쳐
우연히 쳐다본
관음암 흑석대 밑
알바위골이 거제사 절터였다

산돌 양어깨 매 날라
무심으로 돌탑 쌓으며
어째서 이 뭣고
無 無 無

신선이 놀다 간 자리
옥수 같은 물에 가을이 불타고
걸림 없는 맑은 물소리에
쉬어가는 저 구름
둘 아님을 알았다

삼라만상 어느 것 하나
진리의 법문
토해내지 않는 것이 없음을 알고 보니

이것이 있으므로
저것이 있고
저것이 멸하면
이것도 멸한다는 사실

허공은 말이 없다
모두를 품고 모자람도
줄지도 늘지도 않는다

내가 온 곳도
갈 곳도 허공이다

불력(佛力)

1967년 7월 보름날
쌀장사하는 사랑채 아주머니가
이마에 흰 수건 동여매고
끼니를 거른 채 헛소리하며 누워있었다

어느 날 집 마당에서
허줏굿*무를 하고 있었다

옹가지에 물을 담아놓고
고지 바가지 두들기며
상쇠가 이끄는 소리에 맞춰
큰북 작은북 징 장구를 치며
박수무당이 칼날 위에 올라서서
덩실덩실 신을 불렀다

무당은 나보고 앞산에 올라
곧은 산죽 3개를 베어 오란다
난 오고 가는 동안 마(魔)를 물리치는
주문을 암송했다
신내림하던 무당이 넘어져
입에 거품을 물고 끝내

굿판이 중단되었다

당시 난 불법을 몰두하면서
대불 학생회장을 했으며
주문을 믿고 위신력을 실험한 즉
부처님 주문은 진실이었다

*허줏굿 : 무당이나 점쟁이 되려고 할 때 처음으로 신을 맞아 들이는 굿

사리탑

인고의 세월 속
무슨 인연으로
이승에 형상을…

제행무상(諸行無相)*이라 했는데
제 몸 깎아
기단 위에 올려진
육근(六根)*의 사리탑(舍利塔)

누구의 사리인가

여시
여시
여시아문(如是我問)*

*제행무상(諸行無相) : 형상이 있는 것은 영원하지 않다
*육근 : 눈 코 귀 설 신 의
*여시아문 : 나는 이와 같이 들었다

법고는 왜 울리나

서녘 하늘 고운
산사의 범종소리

스님
법고 앞에 북채 들고
입정에 든다

드르럭 드르럭 우주의
빗장을 풀고
소맷자락 휘날리며
중생의 업장 참회

둥 둥둥 두리 둥둥
북을 울린다

하늘나라 비천여
꽃비 내리고 비파를 치며
진리의 법 가락
화음에 맞추어
무상 법공의 춤을 춘다

살풀이

하얀 모시 소매 깃
황금 고깔에 핀 꽃 위로
훠이훠이 창공의 빗장 풀어

어둡고 혼란한 시대
서자적자 차별 없는 이상국가 건설
그 개혁적인 생각한 허균(許筠) 영가(靈駕) 모셔
금강경(金剛經) 들려주고

넋이 어느메 있는가
온 곳도 갈 곳도 허공

구천을 떠돌지 말고
살풀이 마당 나투시어
이내 말 귀담아 업장소멸
생사 없는 저 언덕 피안의 세계

꽃비 내리고 새들이 노래하는
천상세계 게송(偈頌) 한 수 읊고
홀연히 왕생극락하소서

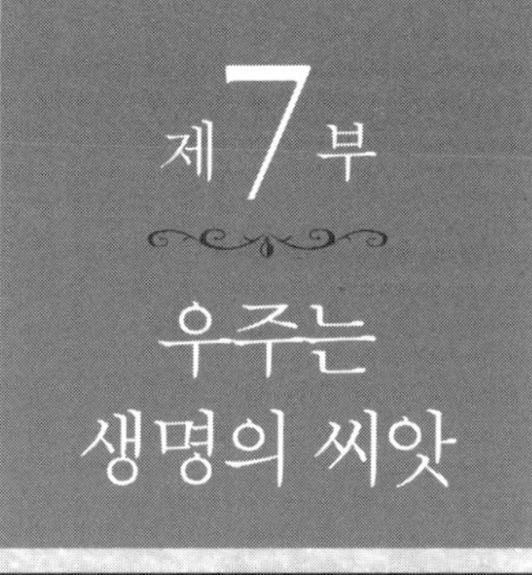
제 7 부
우주는
생명의 씨앗

우주는 생명의 씨앗

생명을 간직한
우주는 생명의 씨앗

아름다운 지구가
심한 몸살을 앓아요

자연을 깔보며 비웃는
사람들을 원망하며
코로나19 바이러스에 걸려
죽어가고 있어요

우주가 돌고 돌아
지구가 건강해야
이 땅에 생명의 씨앗들이
연두잎 깃발 펄럭이며

꽃과 향기
맛있는 열매를 주지요

자귀나무 사랑

연분홍 화장술로
유혹하는 꽃잎에
햇살이 애무한다

노을 지고 난
달빛 미소에
별이 소곤대는 밤

내사
부끄러워
한 마디 말 못하고
마음만 두근두근

푸른 잎 고이 접어
살포시 눈 감고
당신 가슴에 안기렵니다

자작나무 눈빛

자작나무 숲에 서니
하얀 뻬에로 아저씨가

장군 같은 눈빛으로
지구를 못살게 한 벌

코로나19 바이러스로
온 세상 사람에게
시험에 들게 하나니
잘 깨달아

자연을
사랑하며 살라 한다

해운대 둘레길

허공 속 먹구름
안개비로 바다와 육지
구별하기 힘들다

해면에서 이렇게 진한 안개
본 적이 없다

천지를 분간하기 힘든
해운대 동백섬 산책길
안개 지워진
가로등 희미한 불빛 사이로

찻집 의자에 앉아 사랑의
아름다운 추억 만드는 연인들

밤새 해무에 덮였던 고층빌딩
하나둘 모습이 드러난다
동백섬 둘레길
간밤에 세찬 비바람에
동백 꽃송이 떨어졌지만
자태는 곱디고와
토라져 돌아앉은 새색시 닮았다

아침 이슬

누구의 영혼인가
아스라이 풀잎에 맺힌
영롱한 아침이슬이
아쉬운 이승을 본다

삶을 질척이며
남의 입에 올라
아까운 나이에
이 좋은 세상 떠난
이슬 같은 한 생애

이승을 떠날 때
배웅치 못한 안타까운 마음

속눈썹
촉촉이 젖는다

가시연(蓮)꽃

대서 지난 정오
검은 구름 사이
햇살이 번개보다 빠르다

50년 침묵을 깨고
경포 습지에 눈뜬 가시연꽃

가시 잎 방패에
꽃대마저 가시로

해 뜨면 꽃 피고
달 뜨면 꽃잎 닫는 이유
내게 일러준다

자주색 네 잎 꽃 미소
선과 악의 법문이다

찰옥수수

씨앗 속 초록잎 두 장
깃발처럼 흔들었다

해 달 별의 젖꼭지 물고
흙 위
매발톱 세워

장대처럼 곧게
피뢰침 머리에 달고
턱수염 분장으로 번개도 받아들인다

새파란 옷고름 바람에 휘날리며
금빛 찰옥수수 쌍둥이 업고
둥개둥개 키운다

하모니카 불 듯 한 입 돌려 물 때
바람소리
풀벌레 새들의 노래
천둥 치고
소낙비 드럼 치는 소리 들으며

강원도 찰옥수수 맛있게 드시면
나의 기쁨이다

꽃잎 사랑

밤낮으로 접은 꽃잎
햇빛 프리즘에 물들여
바람에 하늘하늘 펼치고
은은한 달빛
풀벌레 소리로 삭힌 향기
가슴앓이로 피웠어요

네가 할 수 있는 몸짓은
바람에 향기 날리며
그대를 유혹할 수 있어도
당신을 찾아갈 수는 없어요

나를 찾아 낮은 자세로
사랑의 눈빛으로 그윽하게 바라본다면
그대 애인이 될래요

이 몸 그대 사랑받은 인연
천둥 폭풍이 몰아쳐 죽는다 해도
님을 원망하지 않을래요

다시 잊지 않고 찾아주신다면

이 세상 다하도록
가슴에 묻어 고이 간직
향기로운 그리움으로
한갓지게 피고 질래요

배꽃

달님 품에 안긴
하얀 배꽃

살랑대는 봄바람에
수줍은 색시처럼

첫날 밤
행복의 미소
숨기지 못한다

달님 손에
옷고름 풀려
가슴 죄며 살며시 눈감는 것 보소

바람은 촛불 끄고
웅크린 새색시 가슴에
살금살금 파고든다

투구꽃

깊은 산 숲속
갈참나무 숲길

청보라 꽃 고깔 쓰고
나란히 매달려
찾는 이 반기고 있다

투구 속 눈웃음
백옥같이 맑고
향기로워
허리 굽혀 눈 맞추어
고운 미소로
입꼬리를 올린다

4월 봄바다

소름 끼치는 4월의 바다
맺힌 꽃 몽우리
피지도 못한 채
싸늘한 바다에 수장된
잊지 못할 일

깔깔대는 해맑은 미소가
차가운 바다에 써늘하게
멈추어 버린 시간

부모 형제 일가친척
눈물이 마르도록
한 가닥 희망 걸고

시신이라도 돌아오길
목놓아 간절한 마음의 노란 리본
잔인한 4월 바다

무심한 갈매기
빈 허공을 날고 있다

찔레꽃

하얀 찔레꽃 향기
바람에 날려
달빛에 젖어
함박지게 웃는 소리

자욱한
밤안개에 실려
꽃다운 처녀 총각 가슴에
사랑 불씨를 지핀다

한배검

태고의 바다가 솟아올라
태백산으로 명명된 지
수십억 년

물결 흔적이 굳은
회색빛 돌로 쌓은
한배검*에서 바라본
동해의 일출이 찬란하다

민족의 기를 받는 날
성화를 채화하는
단군의 성지 천제단

봄바람에
능선마다 철쭉꽃 만개하니
산인들이 줄을 서고
새들은 천상의 노래를 부른다

하늘나리는 나팔을
은방울꽃은 천상의 종을 울리며

노송은 허리를 펴
쉬어가는 구름을 바라본다

*한배검 : 태백산 정상에 돌로 쌓은 제단에 있는 비석(碑石)

숨비소리

잔차 타고
제주도 새파랑 둘레길 돌다 보니
온통 검은 화산 분출암 일색
바닷속은 보물섬이다

해녀들이 쌓은 돌담
지붕 없는 둥근 방
불턱*에 모여
물소중의*를 갈아입으며
짙은 농을 한다

해녀 옷 입은 상군 중군 하군 똥군*
박태기 옆에 끼고
에메랄드빛 바다를 자맥질
상군이 하군의 안전을 살피며
소라 전복 문어를 건져 올린다

작업 마치고 물속에서 올라온
해녀들의 숨비소리*는
물마중* 나온
남정네 부르는 소리다

*불턱 : 해녀들이 물질하기 전에 옷을 갈아입거나 불을 피워 몸을 녹이며 쉬는 장소
*물소중의 : 해녀들의 잠수복
*상군 중군 하군 똥군 : 해녀들이 물질하는 차별 급
*숨비소리 : 해녀가 자맥질한 후 물 밖에서 내뱉는 가쁜 숨소리(휘파람소리)
*물마중 : 해녀들이 따온 해산물을 가지러 온 남정네

파도야

그 먼 길
너울너울 멀미도 없이
지친 기색이 없구나

뭍에 누가 살기에
모래톱에 다가서면
굴렁쇠처럼 돌돌 말아
웃으며 달려가느냐?

내 눈엔
아무것도 보이지 않고
젊은이의 불장난만 보이건만
날마다 눈치도 없이

꽃목걸이 풀어
흰 카펫을 깔고
모래밭에 하얀 꽃을 놓고 가는가

잡초

잡초라 함부로
짓밟거나 뽑지 말라

초원의 희망이요
새싹은 미래의 보배다

엎드려 산다고
자존심도 없는 줄 아느냐

오늘 가면 내일 있고
내일 가면 새날이 온다

칠전팔기로 살지만
꽃향기는 밟지 마소서

오! 찬란한 태양

하늘과 바다가 성스럽게 만나 낳은
광명의 햇덩이 두둥실
양수가 하늘과 바다에
붉은 노을로 번진다

오! 찬란한 새해 아침
우주의 빛

희로애락 녹아있는
삶의 공간을 밝혀
정유년(丁酉年)의 아픔 말끔히 치유
온누리 서광이 비쳐
무술년(戊戌年) 맞이한 이 국토
국운이 왕성하길 기원한다

오! 찬란한 태양이여
동계올림픽 맞이한 강원도 평창
세계인의 평화 스포츠 축제
평화축전 되게 하소서

오! 찬란한 태양이시여

은하강

수평선에 어둠을 살라
호박죽 끓여
허공에 황금빛 흩뿌리네

찬란한 태양
온누리 광명이 넘치도록 밝다

해 저문 하늘
산 능선에
순두부 보글보글 끓다가
식으면
은하강이 흐른다

춤추는 삐에로

핀란드 호수 주변
아름드리 자작나무

하얀 삐에로 옷에
왕눈썹 그려 넣고

아름다운 철새들 노래에
햇살을 안고 반들반들

노란 박수
사르르 사르르

새들의 공연 끝나면
잎새 노란 나비로

가을 초원에 팔랑팔랑
막을 내린다

에스프라나 공원

청명한 해변의 봄날
헬싱키 시민들
'에스프라나 공원' 에서
보트를 타고 낚시를 한다

백사장 카페엔
맥주와 음료를 마시며
연인과 나란히 누워 일광욕을 즐기고

안쪽 잔디광장엔
타월 한 장 깔고
썬~크림 발라주며 사랑의 키스를

중앙 무대는
꽃을 주제로 한
여름 의상을 입은 모델들이
경쾌한 발걸음으로 아름다운 미를 자랑한다

독창성 돋보이는 색의 패션
가식 없는 진정성
유행을 타지 않는

'marimekko' 디자인 패션쇼는

지루한 일상에서 벗어난
시민들의 여유로운 삶의 오후였다

선정에 든 소나무

•

지은이 / 최광집
발행인 / 김영란
발행처 / **한누리미디어**
디자인 / 지선숙

•

08303, 서울시 구로구 구로중앙로18길 40, 2층(구로동)
전화 / (02)379-4514, 379-4519
Fax / (02)379-4516
E-mail/hannury2003@daum.net

•

신고번호 / 제 25100-2016-000025호
신고연월일 / 2016. 4. 11
등록일 / 1993. 11. 4

•

초판발행일 / 2021년 11월 10일

•

•

값 12,000원

•

•

ISBN 978-89-7969-844-2 03810